是不是都有這4種精靈呢？

我會讓你的身體更結實！

紅色 強壯精靈

牛奶

蛋

肉類

魚

豆腐

油豆腐

白色 美味精靈

多了我，可以讓食物更好吃！

味噌湯

柴魚乾

海帶

湯

我的第一套好好吃食育繪本

小奈奈的超厲害生日大餐

文 吉田隆子　圖 瀨邊雅之
譯 游珮芸

親子天下

今天小奈奈一家人
難得去大城市買東西。
「大家一起出門，真開心！」
小奈奈的心情好好喔。

買完東西，大家一起去一家
豪華的飯店餐廳吃飯。
這是一家自助式吃到飽的餐廳。
可以從各式各樣的料理當中，
選擇自己喜歡的菜，想吃多少就拿多少。

我還是
喜歡日本
料理。

小奈奈在一道道的料理前
走來走去。

小奈奈選了湯、沙拉、烤牛肉，還有炸蝦。
還選了兩個看起來很好吃的麵包。

小奈奈他們正要開始吃的時候，
咦？
他們看到隔壁桌的客人留下了很多食物，
沒吃完就離開了。

奶奶嘆了一口氣。

哎呀，真是浪費呀。

什麼是浪費？

「像這樣把還能吃的食物丟掉或是倒掉，
就叫做『浪費』呀。如果吃不下這麼多的話，
一開始就不要拿這麼多喔。
先拿可以吃得完的分量，吃完了再去拿才對。」
奶奶這麼說。

「還有啊，選擇食物的時候，如果能考慮營養均衡，讓身體健康的四種食物，那就更好啦。」

四種食物指的是……

吃完這四種食物，就能擁有健康的身體喔。

蔬菜或海藻類的料理

米飯或是麵包、麵類

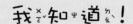

我知道！
這四種食物裡有四個
健康小精靈的幫忙，
可以讓身體健康喔。

肉類或是
魚類的料理

味噌湯或是清湯
的湯品。

布丁、飲料這些
不算是正餐喔。

這是餐後
的甜點，
所以不能
吃太多。

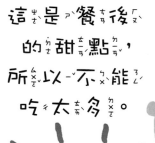

不久之後，一個星期天的早晨。
小奈奈和奶奶商量起一件事。
今天是一個重要的人的生日，
要煮一頓生日大餐來慶祝。

飯和湯算
兩道料理，
加上兩道菜，
就是四道料理囉。

「有了這四道料理，紅色、黃色、綠色、
和白色四個健康小精靈就齊全囉！」
兩個人一邊想那個人喜歡吃的食物，
一邊商量生日大餐的菜色。

嗯，也喜歡吃青菜。

她喜歡吃蛋，還有鹿尾菜，對吧？

生日菜單

豆腐淋蛋

小松菜拌炸豆皮

鹿尾菜櫻花蝦飯

糯米湯圓湯

終於決定好菜單了。

開始動手做菜囉！

小奈奈和奶奶穿上圍裙，
把需要用到的材料都準備好。

柴魚、海帶、米、
豆腐、蛋、鹽、醬油……

不知什麼時候，笑咪咪的
健康小精靈也跑來了。

米　　柴魚　　炸豆皮　　糖　　鹽

豆腐

糖　　鹽

韭菜

鴨兒芹

櫻花蝦

鹿尾菜　　柴米魚　　海帶　　吻仔魚　　蛋

小松菜

先來煮鹿尾菜櫻花蝦飯！

小奈奈把米洗一洗，然後放到篩網盆瀝乾。

淅瀝
淅瀝！
淅瀝
淅瀝！

先將鹿尾菜浸泡在水中等到膨脹，
然後瀝乾水分，再切碎。

咚
咚
咚

奶奶將鹿尾菜放到平底鍋用油炒香，
再調味。

醬油　　味霖

糖

糖

電子鍋裡放入米和水、
料理酒、櫻花蝦，
還有吻仔魚，
按下「開始」！

櫻花蝦

吻仔魚

料理酒

米

鹿尾菜等飯
煮好了，再放
進去拌勻。

來做糯米湯圓湯吧!

先把海帶放到水裡浸泡,
利用這段時間來做湯圓。

小奈奈把糯米粉放到料理盆裡,
慢慢加入水攪拌,揉成麵團。

揉到像耳朵的軟度,剛剛好。

真好玩!

用手搓揉成圓滾滾的小湯圓。

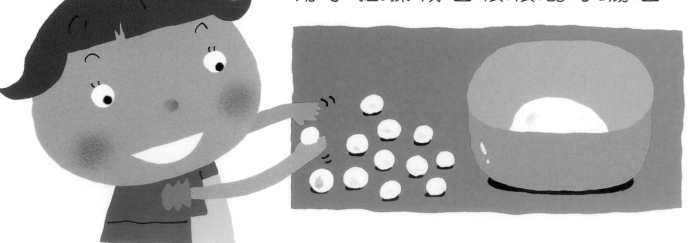

把湯圓放到滾水中。

啵咚　　啵咚

等湯圓浮上來，就可以撈起來了。

來做高湯吧！

海帶浸泡過的水，
開始變顏色了，聞起來好香。
這時候就可以移到瓦斯爐上
加熱囉。

好香喔，
來嘗嘗味道。

等水煮沸大滾之前，
撈出海帶，
再放進柴魚片。

等柴魚都沈下去了，就用洞比較小的
篩網把湯瀝出來。

拿一杯高湯來做
拌青菜的湯底。

再把高湯放到鍋子裡，加上醬油和鹽調味，
然後放進白湯圓。

最後把鴨兒芹切好，
先放在旁邊。

接下來做拌青菜!

奶奶在鍋子裡燒水的時候,
小奈奈把小松菜洗好。

刷刷

把洗乾淨的小松菜
放到鍋子裡煮。

把煮熟的小松菜撈起來浸泡冷水,
再將水瀝乾後切成容易入口的大小。

炸豆皮先切成條狀，
再淋上熱水。

淋過熱水之後，
油漬味就會不見喔。

用加入醬油的高湯，
把小松菜和炸豆皮拌在一起。

最後，做豆腐淋蛋！

小奈奈用奶奶教她的方法，
把韭菜、豆腐和蛋準備好。

韭菜用熱油炒過，再加入豆腐。
炒熟之後，加入調味料。

味霖

醬油

糖

在鍋子裡淋上一圈打散的蛋汁，就大功告成了。

最後一個
步驟囉。

哇～好香喔！
看起來好好吃。

四道料理都煮好囉!

小奈奈和奶奶把鹿尾菜放到
煮好的飯裡拌勻。
清湯上放一點鴨兒芹。

「小奈奈，謝謝你。好豐盛呀！」
媽媽看起來非常開心。

小奈奈開心的說：「媽媽，生日快樂！」

和孩子一起挑戰！
超厲害生日菜單

鹿尾菜櫻花蝦飯

材料（約2個大人和2個小孩的分量）

米 …… 2杯（1杯約200ml）		醬油 …………… 2小匙
水 ………………… 480ml		味霖 …………… 2小匙
櫻花蝦 …………… 15g		砂糖 …………… 少量
吻仔魚 …………… 20g		料理酒 ………… 2大匙
鹿尾菜（乾燥）………… 3g		油 ……………… 少量

作法

1 洗完米之後，先浸泡。

在大型的洗盆裡放進篩網盆，將米倒入洗至水變乾淨，米瀝乾後放進電子鍋，加入適量的水，先浸泡約30分鐘（冬天浸泡40~50分鐘）。

第一次很快的掏洗過，馬上把水倒掉。
洗過3~4次之後，當洗米水變清了，就ok了。

2 將鹿尾菜泡水還原，用火炒入味。

醬油 味霖 砂糖

將切碎的鹿尾菜放到鍋裡，用少油熱炒，
再加入調味料炒到熟軟。放涼之後，會更入味。

變大了！

哇！

把鹿尾菜放到裝滿水的調理盆裡，
浸泡約10~15分鐘，讓它恢復原狀。
可以跟孩子比較浸泡前後的大小。

3 放入櫻花蝦和吻仔魚之後，開始煮飯，
最後放進鹿尾菜拌勻。

在電子鍋裡加入米和水、櫻花蝦、吻仔魚、酒，
按下炊煮按鈕。煮好之後，加入第**2**步驟炒好的
鹿尾菜拌勻，就完成了。

料理酒

好香喔！

加入一點料理酒，可以去掉吻仔魚等魚類
的腥味，讓飯煮起來更香。

糯米湯圓湯

材料（約 2 個大人和 2 個小孩的分量）

柴魚片 ‧‧‧‧‧‧‧‧‧‧‧‧‧‧‧‧‧‧‧20~25g
海帶 ‧‧‧‧‧‧‧‧‧‧‧‧‧‧‧ 4~5 公分 2 片
水‧‧‧‧‧‧‧‧‧‧‧‧‧‧‧‧‧‧‧‧‧‧‧‧‧ 800ml

糯米粉 ‧‧‧‧‧‧‧‧‧‧‧‧‧‧‧‧‧‧‧‧‧‧80g
鴨兒芹 ‧‧‧‧‧‧‧‧‧‧‧‧‧‧‧‧ 4 根莖葉
醬油 ‧‧‧‧‧‧‧‧‧‧‧‧‧‧‧‧‧‧‧‧‧‧ 1 小匙
鹽 ‧‧‧‧‧‧‧‧‧‧‧‧‧‧‧‧‧‧‧‧‧‧ 2/3 小匙

作法

① 用海帶和柴魚片做高湯。

海帶用洗好擰乾的布擦拭過之後，
在鍋子裡放入適量的水，放進鍋裡先浸泡 30 分鐘。
放到瓦斯爐上加熱，在水沸騰之前取出海帶，加入柴魚片。
小火煮約 3 分鐘之後熄火。稍微放涼一點，撈出柴魚片。

柴魚的重量約是高湯分量的 3%。
使用柴魚乾刨器時，在小孩還不熟悉操作方式前，
大人最好在一旁幫忙。

＊這個高湯在拌小松菜時也會用到，取 30ml 左右（約兩
　小匙）備用。

② 做糯米湯圓。

在料理盆裡放進糯米粉，慢慢加入少量的水，揉成麵團。
等麵團的柔軟度跟耳垂差不多時，分成十二等分，搓揉成湯圓。
把湯圓放到煮沸的水中，等浮起來後，撈起備用。

分成十二等分的小技巧：先分一半，再
分一半。之後將每分平分成三塊，就容
易平均成十二等分。

③ 將高湯調味，放入湯圓。

在湯上放一些花型的麵麩，更有慶祝的氣氛。
麵麩先泡過水，在放鴨兒芹之前放到湯裡，
煮滾一下即可。

將第❶步驟的高湯放到爐上加熱，加入醬油和鹽調味。
加入煮好的湯圓，最後放進鴨兒芹。

小松菜拌炸豆皮

材料（約2個大人和2個小孩的分量）

小松菜 ‧‧‧‧‧‧‧‧‧‧‧‧ 約 300~400g

炸豆皮 ‧‧‧‧‧‧‧‧‧‧‧‧ 30g（一片）

高湯 ‧‧‧‧‧‧‧‧‧‧‧‧‧‧‧‧‧‧‧‧‧‧‧‧‧ 30ml

（取糯米湯圓湯的高湯備用）

醬油 ‧‧‧‧‧‧‧‧‧‧‧‧‧‧‧‧‧‧ 1 小匙（5ml）

作法

1 清燙小松菜後，切成小段。

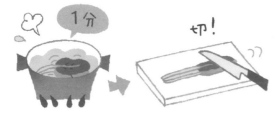

小松菜洗淨後放入滾水中煮約 1 分鐘，
煮到莖的部分都軟了，
撈起來沖冷水，瀝乾後切成小段。

燙小松菜、波菜、青江菜等
青菜類時，把比較硬的根莖
部先放到熱水中。

2 炸豆皮切成細長條，用熱水燙過。

炸豆皮先切對半，再切成細長條，
用熱水燙過。

3 用高湯拌小松菜和炸豆皮。

高湯中加入醬油，再拌入切好的小松菜和
炸豆皮之中。

以下的組合方式也不錯喔……

小松菜拌吻仔魚

小松菜洗淨後放入滾水中煮，撈起沖冷水，
瀝乾後切一口大小。之後拌入吻仔魚即可。
吻仔魚本身有鹽味，不需調味。

波菜拌炒蛋花

菠菜連根部都洗淨後，放入滾水中煮，撈起沖冷水，
切成一口大小。炒一份蛋花。最後用高湯和醬油
涼拌波菜及炒好的蛋花。

豆腐淋蛋

材料（約 2 個大人和 2 個小孩的分量）

豆腐 ················· 1 塊
韭菜 ················· 1 把
蛋 ··················· 2 顆

醬油 ················· 2 大匙
味霖 ················· 2 大匙
砂糖 ················· 1 小匙
油 ··················· 1 大匙

作法

1 準備材料。

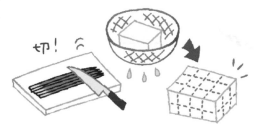

大人切豆腐的時候，會放到手掌心上切，
小孩切的時候，放到砧板比較安全。

韭菜洗過後，切成 2~3 公分的長短。
豆腐放進篩網盆，瀝乾水分，切成小正方形。

2 將材料炒熟後，淋上蛋汁。

炒菜的時候，事先把要加入的調味料量好分量，
放進一個小容器裡備用，就不會手忙腳亂。

在平底鍋中放入油，加熱，放入韭菜炒軟。
加入豆腐，再加入調味料（醬油、味霖、砂糖），
最後淋上蛋汁即可。

以下的組合方式也不錯喔……

豆腐番茄炒蛋

番茄切小塊，去掉湯汁。
在熱鍋中炒番茄和豆腐，加入少許鹽，炒熟後，
淋上蛋汁，再稍微拌炒一下。

簡單炒凍豆腐

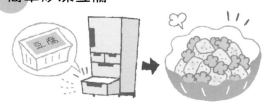

將市販的豆腐連同包裝放進冷凍庫冷凍。
1~2 天之後解凍，把水分瀝乾，就成了凍豆腐。
加入油鍋炒熱之後，淋上蛋汁。

培養孩子
營養均衡的概念，
享受自己做菜的樂趣、
懂得健康管理！

吉田隆子

大人們對於均衡的飲食與身體健康之間的關係，大多了然於心。然而，以前我在幼兒面前講解「均衡的飲食有益健康……」時，卻十分傷腦筋。因為幼兒們對於什麼是「均衡」並不了解，不懂詞彙的意思，也就無法理解我想說的話。

那個時候，我突然發現平常我們家裡的餐桌上，擺著一盤盤的料理就是很實際的例子。因此，我就用「四個盤子」放四個種類的料理來傳達「營養均衡」的概念。從區分料理的觀點來談營養均衡的概念，已經普遍運用在現今日本的「飲食均衡導覽」中，並不是什麼新鮮事。然而，當我們談到現今日本的飲食，因為已經夾雜了各國的料理，食材種類繁多，十分複雜。

要傳達理念給幼兒時，解說方式愈簡單愈好。雖然簡明的分類法，容易產生分類上不夠精準的問題，但是我們的主要目的是讓孩子能學習到「更好的飲食習慣」。透過這本書，希望孩子們能夠理解「四種料理」的分類，學會自己選擇食物、自己做菜，且能自己做好健康管理。

本書使用歐盟 SGS 檢測認證環保油墨印刷

作繪者簡介

|作者| **吉田隆子**

管理營養師，NPO 法人兒童之森理事長，日本大學短期大學部食物營養學科教授。從 1985 年起，在靜岡縣聖母學園磐石聖瑪莉雅幼兒園開始實踐幼童的飲食教育（食育），現在於日本全國各地進行食育相關的演講，並指導幼兒園與托兒所的飲食。著作有《健康食育繪本系列》（大采）《我開動囉！育兒革命》（金星社），《在食育森林中》（稻佐兒童之森）等。

|繪者| **瀨邊雅之**

1953 年出生於日本愛知縣。東京藝術大學工藝科畢業後，開始插畫家生涯。以溫婉充滿感情的圖像，深受書迷喜愛。作品有《總共是 100》、《100 人捉迷藏》（上誼）、《健康食育繪本系列》（大采）、《便便繪本》（Holp 出版社）、《變成國王的老鼠》（PHP 研究所）、《恐龍拼圖》等。

|譯者| **游珮芸**

日本御茶水女子大學人文科學博士。現任教於台東大學兒童文學研究，致力於兒童文學與兒童文化的研究與教學，並從事兒童文學的翻譯與評論。翻譯作品有《生氣》、《愛思考的青蛙》、《鶴妻》、《微微風童》等書，亦曾以鄭小芸之筆名譯有《閣樓上的光》、《愛心樹》等書。

繪本 0127

我的第一套好好吃食育繪本
小奈奈的超厲害生日大餐

作者｜吉田隆子　繪者｜瀨邊雅之
譯者｜游珮芸

責任編輯｜熊君君
封面設計・特約美術編輯｜蕭雅慧

發行人｜殷允芃　執行長｜何琦瑜　副總經理｜林彥傑
總監｜黃雅妮　版權專員｜何晨瑋、黃微真

出版者｜親子天下股份有限公司
地址｜台北市 104 建國北路一段 96 號 4 樓
電話｜（02）2509-2800　傳真｜（02）2509-2462
網址｜www.parenting.com.tw
讀者服務專線｜（02）2662-0332　週一～週五：09:00-17:30
讀者服務傳真｜（02）2662-6048　客服信箱｜bill@cw.com.tw

法律顧問｜台英國際商務法律事務所・羅明通律師
製版印刷｜中原造像股份有限公司
總經銷｜大和圖書有限公司　電話｜（02）8990-2588

出版日期｜2014 年 5 月第一版第一次印行
　　　　　2021 年 8 月第一版第八次印行
定價｜240 元（全套三冊特價 780 元，不單冊分售）
書號｜BCKP0127P　ISBN｜978-986-241-876-5（精裝）

訂購服務
親子天下 Shopping｜shopping.parenting.com.tw
海外・大量訂購｜parenting@cw.com.tw
書香花園｜台北市建國北路二段 6 巷 11 號　電話 02）2506-1635
劃撥帳號｜50331356 親子天下股份有限公司

立即購買 >

和家人一起愉快

穿好圍裙，
洗好手，
開始來做菜吧。

頭上如果綁上頭巾，
會更好喔。

揉麵團的時候，
用比較大的不鏽鋼盆，
比較好用喔。

在鋼盆或是砧板的下面，
最好墊一塊溼抹布，
比較不容易滑。

讓家人幫你準備
一張適合你身高
的工作桌。